文字和古書

鄧少冰 著

編者的話

　　這套「認識中國」叢書是為小學生和中學生而寫的輔助讀物。中國是世界最大和最重要的國家之一，亦是唯一擁有五千年輝煌文明的古國，因此，中國人都應該知道和了解自己國家的疆土地理、歷史人文，以至今日的發展概況；而任何人若關心世界和人類的前途，亦都必須認識中國。作為小學和中學生的讀物，我們希望這套叢書在國民教育、通識教育和道德教育等方面，都能有所助益。

　　這叢書不屬現時學校課程的教科書，其撰寫沒有依從一般學校分科的課程結構，亦試圖打破一般教科書和學術性著述講求主題分明、綱目嚴謹、資料完整的寫作習慣。

　　叢書從介紹中國的地理山河開始，以歷史的演變為主軸，打通古今，以文化的累積為內容，將各種課題及其相關資料自由組合，以「談天說地」的方式講故事，尤重「概念性」的介紹和論述，希望能使學生對各課題的重要性和意義產生感覺，並主動地追求更多的相關資訊和知識。每冊書的「導讀」和其中每一課開首的引子，都是這種編寫方式的嘗試。

　　本叢書還盡可能將兒童和青少年可觸及的生活體驗引進各課題的討論中，又盡可能用啟發式的問答以達到更佳的教與學

效果，冀能將知識性和趣味性兩者結合起來。

　　已故錢穆先生於 1939 年中國對日抗戰期間，撰寫《國史大綱》，稱國人應抱著「溫情與敬意」的態度去讀國史，本叢書的編撰亦秉承這一態度，並期望學校的老師們會將這種精神傳播宏揚。

目錄

導讀

　　中國是世界大國，也是文明古國，這和中國的文字，亦即「中文」，有很大的關係；中文也稱「漢字」或「漢文」。

　　每個民族或族群都有自己的語言，但不一定有文字。在四、五千年前，世界有埃及、美索不達米亞（在今伊拉克）、印度河和黃河等幾個重要的最古老文明，各自產生了文字，但只有中國黃河文明的文字能傳承和發展下來，成為今日的漢字和中文。中國的少數民族也都有自己的語言，一部分有簡單的文字，其中絕大部分民眾都通漢語，用漢文。以人數計，中文是今日世界上最多人用的語文。

　　人與人之間以語言溝通，不過要有文字，才可以記錄事情、開展思維、深化感情、以及累積與傳播知識，使文明得以提升和發展。文字因此是民族文化發展的「工具」和最重要的「載體」，建築、藝術品、以及其他各種文物也是文化載體，但都不及文字重要。我們要認識中國和中華文明，當然要知道漢字的歷史和特色。

　　中國的文字在約 3,300 年前已發展得相當成熟，商朝的「甲骨文」和「金文」內涵豐富，其後演變成為周朝時代各國廣泛使用的「篆文」；到了 2,200 多年前，秦始皇統一中國，也統一了各地有差異的文字，不久之後，篆文再演變為今日我們通用的漢字。文字的統一，對中國日後的內外文化交流和累積文明、以及民族融和和國家統一，都起著重要的作用。

　　在約 2,000 年前的漢代，中國人發明了紙，650 年後的唐代，又

發明了印刷術，使中國文字的功能得到更大發揮，也進一步促進了中華文明的發展和傳播。紙和印刷術都起源於中國，被列入中國古代「四大發明」，兩者後來傳到西亞的阿拉伯地區，再傳到歐洲，對世界文明的貢獻極大。

中國的文字是「方塊字」，和歐美的「字母文字」是兩種不同「結構」的文字。漢字在東亞文化圈的影響力很大，日文、以及傳統的韓文和越南文，都深受漢字的影響。

中國人非常重視文化和歷史，從古代遺留下來的各種文字紀錄和作品，其數量之多、內容之豐富，舉世無雙。

四大文明古國位置圖

已消失的古埃及象形文字

已消失的古巴比倫楔形文字

已消失的古印度文字，至今無人能破解。

中國的方塊字是最古老的四大文明中，唯一仍然流傳至今天的文字。

1

中國文字的起源

　　相傳，黃帝是中華民族最重要的始祖之一，所以中國人被稱做「黃帝子孫」或「炎黃子孫」。中國的文字，相傳也是由黃帝的大臣倉頡在 4,500 – 4,700 年前創造的。倉頡創造的字我們今天並未找到，但可以想像，初期的文字是簡單的「象形」文字。

　　今日在中國可以找到的最古老文字，是商朝（公元前 1,771 – 1,111，即 3,000 多年前）的「甲骨文」和「金文」，可以確定，這些文字是今日漢字的始祖。甲骨文和金文很成熟，也超越了原始象形文字的階段。

　　商之後是周朝，有 800 年歷史，那時候，很多人已經懂得寫字了，我們叫周朝的文字做「大篆」。由於中國很大，同一個字，在不

同的地方會有不同的寫法。周之後的秦朝，統一了文字，規定把不同地方的大篆字，一律用統一的「小篆」字體代替。秦之後的漢代，把小篆逐漸演變成「隸書」，也就是今日通用的漢字和中文了。

倉頡造字和甲骨文的發現都有很特別的故事，請大家都來聽聽。

你聽過倉頡造字的故事嗎

上古時代，據說人們結繩記事，後來，有人在硬物上刻劃圖形記事；到黃帝當領袖時，他命史官倉頡設計了第一套文字。漢朝的一本書《淮南子》說，當倉頡完成造字的時候，天空下了一場很大的雨，晚上還聽到鬼哭聲。這個虛構的故事要表達的，就是造字對人類非常重要，是一件「驚天地、泣鬼神」的大事啊！

古代以結繩記事，但繩結得太多，也會混亂。

相傳中國文字是由倉頡所造

「甲骨文」和「金文」是甚麼？

　　三千多年前，商代的人把文字刻劃在動物的骨頭和烏龜的背殼上，這些文字因此被稱做「甲骨文」。當時也將文字鑄在金屬器皿上，被稱為「金文」、「金銘文」或「鐘鼎文」。

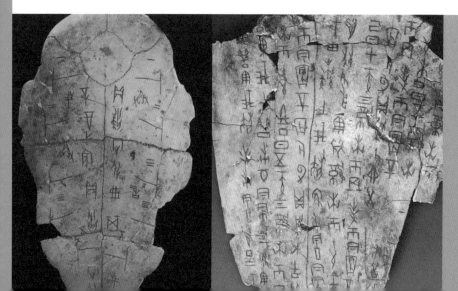

（左）甲骨文

（右）牛胛骨文

「甲骨文」是怎樣流傳下來的呢

　　甲骨文其實是在百多年前的清朝末年才被發現的。當時有一個官員名王懿榮，是研究古文字的專家。1899 年，他無意中在藥店一種名為「龍骨」的藥材上，發現有圖案文字，於是把藥店的龍骨全部買回家研究，他判斷這些龍骨是商代記錄「占卜」的古文字，他大為震驚，馬上派人到河南小屯村這些龍骨出土的地方，高價收購了 1,500 多片甲骨。

　　1900 年「八國聯軍」入侵中國，王懿榮自殺殉國，他的兒子將甲骨賣給劉鶚。後來，劉鶚繼續收集，一共得到五千多片甲骨，他公開了 1,058 片甲骨上的文字，出版了六冊《鐵雲藏龜》，肯定它們是商代的文字。

這些龜甲從哪裡找來的？

是從河南小屯村買來的。

王懿榮

中藥店店主

1928 年，中國政府開始在商朝的故都殷墟原址挖掘，歷年來，總共收集得 15 萬片有字的甲骨，共發現 5,000 多個單字，已經識別了 2,000 多個字。

甲骨文的發現，提供了很多中國古代歷史的資料和證據，也讓我們明白了漢字的始源。

學者們發現，甲骨文是一套相當成熟的文字系統，漢字的六種造字方法（詳見第三課），在甲骨文中已經齊備了。甲骨文的字體亦超越了象形文字的階段，有重要的「抽象」思維，例如圖中甲骨文「古」及「年」字，指的都不是實物。

今天，還有 3,000 個甲骨文字未被解讀，現時的政府鼓勵大家去破解這些古字，能破解一個就獎賞一萬元。

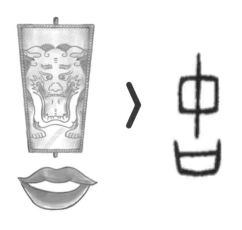

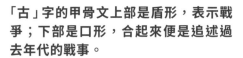
「古」字的甲骨文上部是盾形，表示戰爭；下部是口形，合起來便是追述過去年代的戰事。

「年」字的甲骨文，字形是一個人扛著成熟的莊稼回家的情景，即指穀熟了。

為甚麼金文又叫做金銘文和鐘鼎文呢

　　在中國古代，「鼎」是身份和權勢的象徵，在祭祀時，用來盛載祭品。「諸侯」朝見「天子」時，又會把重要的事情用文字鑄在鼎上，獻給天子，這些文字叫「銘文」。銘，是永記在心中的意思。

　　當時的鼎是用銅鑄造的，人們又會用銅鑄造敲擊樂器的「編鐘」。銅是金屬，帶金色，所以刻在鐘和鼎上的文字，就叫做「金文」、「金銘文」或「鐘鼎文」了。今日，留存下來的周朝銅器很多，從中找到的金文很豐富，有 3,700 多個字，以篆文為主，大部分都被人們識別出來了。

　　我們可以用著名的西周「毛公鼎」來認識金銘文。這個鼎是人們在清代在陝西發現的，鼎內有 497 個字，是目前發現字數最多的銘文。它內容是說，一個自稱毛公的大臣，因為感激周宣王任命他和勉勵他，所以鑄這個鼎獻給宣王。

毛公鼎及其銘文

秦統一
文字

　　周朝行「封建」制，封建的意思是：周天子在他管轄下的不同地域，分封「諸侯」（功臣、家族的成員等），讓他們各自建立自己的國家。所以當時中國有很多「國家」，例如齊國、魯國、燕國、趙國等。

　　隨著時間的過去，各國的發展不同，而周王朝對各國的控制亦逐漸弱化，出現了國與國的交戰、合併、分立等情況，歷史上稱之為「春秋」、「戰國」時代。戰國時期，有七個大國，各自為政。最後周朝覆亡，秦滅六國，中國回復統一。

　　秦統一中國後，將各國不同的「制度」（如「度量衡」、車軌等）劃一和標準化，也統一了文字。文字的統一，促進了各地文化的交流，對中華民族和中華文明後來的發展貢獻極大。

你能說說秦始皇統一文字的故事嗎

　　秦始皇統一中國之後，依丞相李斯的建議，以「秦篆」為標準，統一全國文字，史稱「書同文」。之後，人們叫李斯頒佈的字體做「小篆」，將從前各地寫的字體一律稱為「大篆」。

　　秦的小篆奠定了後來漢字的基本形態，秦之後的漢朝「隸書」流行，成為今日的漢字。

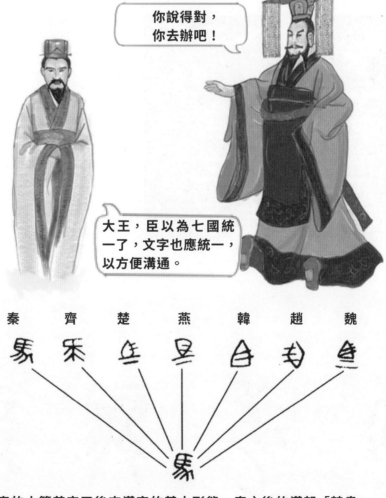

秦的小篆奠定了後來漢字的基本形態，秦之後的漢朝「隸書」流行，成為今日的漢字。

「小篆」是如何演變成為「隸書」的呢

　　據說李斯推廣的小篆，弧形的線條多，書寫得比較慢，對處理繁忙的文書工作不太方便，獄官程邈便向秦始皇建議在公文中使用隸書。隸書比篆書容易書寫，其實，在戰國時期已經出現隸書了，人們發現，在秦國《青川木牘》上的字體已經接近隸書了。（關於「木牘」，請參看第六課）

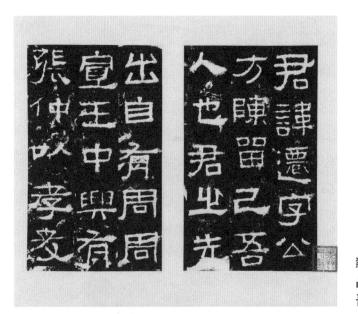

隸書《張遷碑》（局部），東漢晚期作品。內容：「君諱遷，字公方，陳留己吾人也。君之先出自有⋯⋯」

「龍」字從甲骨文演變至隸書，其字形一直流傳至今。

甲骨文　　　　金文　　　　小篆　　　　隸書

為甚麼統一文字這麼重要呢？

　　春秋、戰國時代各國用的「大篆」文字差異很大，文字統一首先是方便了各地的溝通和交流，長遠而言，對促進文化和民族的融和貢獻很大。

　　我們可以再從「方言」差異的情形來說明文字統一的重要性。中國地域遼闊，各地自然環境又不一樣，各地民眾各自說分差很大的地方語音（即方言），又各有自己「本地」的口語（「土話」）。舉個例子，廣東人的「粵語」和上海人的「滬語」都是方言，發音是不一樣的，即使在廣東，「廣州話」（即粵語，又稱白話）、「四邑話」、「客家話」、「潮州話」都不一樣，但二千多年來，各地書寫的文字都是統一的。中華文明能夠這麼先進和豐富，不斷累積、傳播，都是因為文字很早便統一了。

19

漢字的統一，還要歸功於漢代便出現了規範和解釋文字的「字典」。此外，漢字和中華文明的發達，對中國的鄰國如日本、朝鮮、越南等也有很大的影響，促進了這些國家在古代的文化進步和發展，日文和傳統的韓文都是從漢字演變出來的。

你能介紹漢朝出現的字典嗎？

東漢時許慎編的《說文解字》是中國第一部字典，有 540 個部首，收錄了 9,353 個小篆字，解說時還附上字的古字、俗字、奇字等異體字共 1,163 個。據說他很認真地逐字逐句地校對了十一年，然後由兒子替他送呈給皇帝。

許慎原本的《說文解字》已經散失了，現在流傳的是北宋時期由徐鉉等人校訂的版本。

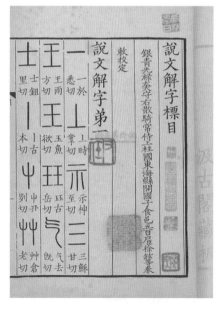

《說文解字》的部首

宋徐鉉校定《說文解字》

《說文解字》以「六書」的理論，解釋每個小篆字的形體構造、聲韻和意義，對我們學習先秦和兩漢的語音和詞彙，很有幫助。我們會在下一課再解釋「六書」。

許慎的《說文解字》成書於公元二世紀。到了十八世紀初，清代的康熙皇帝又命人重新編輯了新的字典，名《康熙字典》。

你會介紹《康熙字典》嗎？

《康熙字典》是在清朝康熙五十五（1716）年完成的，它仍採用部首分類法，按筆劃排列單字，全書分為十二集，每集又分為上、中、下三卷，總共收錄了 47,035 個漢字。

《康熙字典》是官方集合很多學者合作完成的，又綜合了由漢到清歷代漢字發展的情況，是最權威的一部漢字字典。

《康熙字典》身部字（局部）

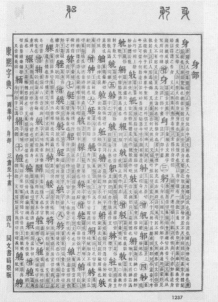

21

你知道漢字對日文的影響嗎？

日本本來只有語言，沒有文字。大約在中國的三國時代，即公元三世紀，漢字開始傳入日本。到公元五世紀，日本人開始用漢字作為語音符號來書寫日語。最著名的古代日語詩歌集《萬葉集》，就是採用這種方法書寫的。這種書寫方法叫做「萬葉假名」。它之所以被稱為「假名」，是因為日本人稱漢字為「真名」。

日本古錢「天保通寶」上刻的是漢字

日本為與紐西蘭交流設立基金籌款的文宣，可見漢字與平、片假名共用。

到了公元八世紀時，日本人用漢字「楷書」的偏字，創造日本的語音符號「片假名」，如：「阿」->「ア」，「伊」->「イ」，「宇」->「ウ」等。又用漢字「草書」的偏旁創造「平假名」，如：「安」->「あ」，「宇」->「う」等。（楷書和草書參看第六課）

現在的日語文字，就是由漢字和兩套「假名」符號組合造成的。平假名用於日常書寫和印刷，片假名用於標記外來詞、象聲詞以及特殊的詞語。

在第二次大戰之前，日本人還流行使用漢字，《康熙字典》上的漢字都可在日文中找到。今天的日文，以兩套假名為主體，但日本人的名字和名詞，仍然以漢文為主。日本人叫漢字做「男人的文字」，叫假名做「女人的文字」。

日本路牌（左）及刻於石上的詩（右），可見漢字與平假名共用。

那麼韓文呢？

　　古時候，朝鮮亦只有語言，沒有文字。在公元三世紀，中國的漢字傳入朝鮮，王公貴族開始學習和使用漢字，朝鮮的古物、書刊亦都用漢文。後來，朝鮮政府自造了一套語音文字叫「諺文」，和漢字並用。

　　第二次世界大戰之後，朝鮮分裂為朝鮮（北韓）和韓國（南韓）兩個國家，朝鮮現在還多用漢文。韓國從 1970 年起，廢除了漢字的使用，「諺文」成了現在的韓語。由於諺文本來是語音符號，很多事物都無法表述，所以，還需要用漢字來解釋。此外，漢字亦大量用於專

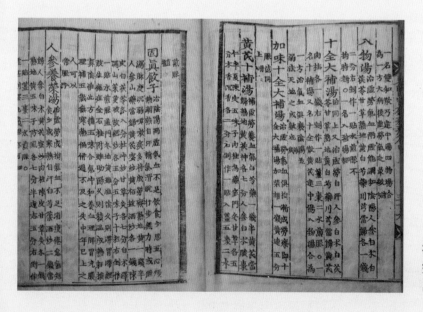

被列為國寶的《東歸博加姆醫書》，1613 年韓國出版，全部採用漢字。

有名詞，包括人名和專有名詞如「三星」、「現代」等都是。韓語的發音亦和中文相近。現在韓語中還有很多漢字成語，例如소 잃고 외양간 고친다（亡羊補牢）、수수방관（袖手旁觀）等，可見漢文字對韓國的影響深遠。

漢字和韓文混排的古代韓國書籍

韓國現代集團的其中一款標誌

韓聯社的標誌

方塊字的特色

世界上的文字，可以分為「表音」文字和「表意」文字兩大類。

表音文字是看見字即大致能將字音讀出來，以「字母」（如英文）構成的文字都是表音文字。

表意文字是看見字即可以估計字的意思，漢字基本上是表意文字，但有時也可以從字形揣測出它的讀音，所以也有表音文字的特色。

中國文字的創造方法有六種，稱為六書，這一課會介紹其中四種。

漢字是由甲骨文和金文演變而成的方塊字。嚴格來說，「文」和「字」是不同的。「文」是不可分拆的，如「木」；可以分拆的才是「字」，如「林」，但這一分別並不太重要。在漢字的使用中，最重

要的是可以將單字組合成「詞」，這樣，用起來非常方便，也非常重要，我們會在下一課作詳細介紹和解釋。漢字在發音中也有「聲」和「韻」的分別，它們在文學的創作中很重要，在更後的冊子中才介紹給大家。

文字是不斷演化的，所以漢字也有「繁體」和「簡體」的分別，中國大陸現在主要是用簡體字，香港、澳門和台灣主要是用繁體字。

此外，中文在近代也受到西方字母表音文字的影響，發展出各種「拼音」的漢字，又同時參考了西文的分句法，在文句中加進了「標點」符號。

木 林 森

「木」字可以組成不同的字

木 樹木

木器 棺木

「木」字也可以組成不同詞語

樹 树

繁（左）簡（右）體字

27

漢文字的「六書」是甚麼？

六書是古人創造漢字時用的六種方法，是在實踐中產生的，後人經研究分析後，稱之為「六書」：象形、指事、會意、形聲、轉注和假借。前面四書是造字法，後面兩書是用字法，即「多字同義」及「一字多義」。前面說過，甲骨文已經包含了這六種造字的方法。

甚麼是「象形」造字？

「象形」的造字方法最簡單，從描繪物體的外形造成文字，所以叫象形文字，是最原始的文字。每一個象形文字都是一幅圖畫，例子有「日」和「月」。甲骨文和金文都有大量象形結構的文字，在《說文解字》中，象形結構的文字就有 364 個。

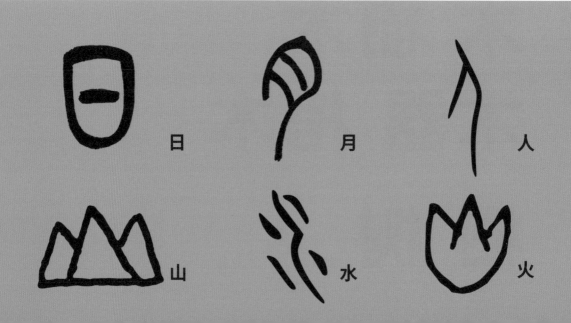

日　　月　　人

山　　水　　火

「指事」是甚麼意思❓

　　「指事」文字有兩種：一種是讓人一看就明白的符號，例如一、二、三、四。

　　第二種是在象形字上增加提示符號，例如「上」字是「人」在「一」字上面；「下」字是「人」在「一」字下面。在《說文解字》中，指事結構的文字有 125 個。

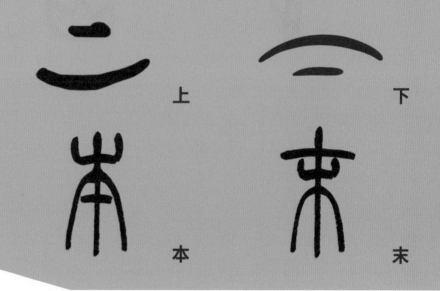

那麼「會意」呢❓

　　「會意」文字是由兩個或更多的獨體文字「會合」在一起，得出新的字。例如「武」字，是由「戈」字和「止」字合成，「戈」是武器，「止」是「趾」的本字，武器下有腳趾，表示人拿著武器走，有顯示武力的意思。

　　「信」字，是由「人」字和「言」字合成，表示「人的說話」，是

「信諾」的意思。

「焚」字，是將兩個「木」字放在「火」字之上，表示木在火上燃燒。

在《說文解字》中，會意結構的文字有 1,167 個。

武

焚

甚麼是「形聲」

「形聲」字由兩個文字組合而成，其中的一個表示事物的類別，另一個表示事物的讀音。在漢字中，形聲字佔最多。例如「江」字，是由「水」字和「工」字合成；「河」字，是由「水」字和「可」字合成。「江」和「河」分別表示不同大小的水流。

又例如「銅」字，是由「金」字和「同」字合成；「桐」字，是由「木」字和「同」字合成；「材」字，是由「木」字和「才」字合成。

在《說文解字》中，形聲結構的文字有 7,679 個。

河

鴨

可以解釋甚麼是「繁體字」和「簡體字」嗎

　　原本收錄在《說文解字》和《康熙字典》等傳統字典上的漢字，不少都有很多筆劃，歷來都有人在書寫時將之簡化，但很不規範。1935 年中國政府曾正式認可了 324 個簡體字，建議可以正式代替繁寫的正體字，不過後來又取消了，但民間用簡化字體的情況很普遍。例如「鬭」字太複雜難寫了，一般人會將之簡化為「鬥」。

　　1956 年，中國政府頒佈《漢字簡化方案》，之後經多次修改，至今共公佈了 2,200 多個官方認可的簡體字，其中很多字再簡化，例如「鬥」改為「斗」，又例如「陳」變成「陈」、「張」變成「张」、「劉」變成「刘」。

　　現在一般會將傳統漢字稱為繁體字或正體字。在香港、澳門、台灣使用較多，內地則普遍通用簡體字，但繁體字也沒有完全消失。

簡化字与繁体字对照表

—— 王力 古代汉语 第二册 附录1

本表收录中国文字改革委员会自 1956 年以来公布的四批简化字，共五百一十七个。
凡简化字与繁体字都见于古代。而在意义上或用法上有所不同的，本表后面另附有说明，以供查阅。

【A】 爱愛 碍礙 袄襖
【B】 罢罷 摆擺襬 办辦 板闆 帮幫 宝寶 报報
备備 笔筆 币幣 毕畢 毙斃 边邊 变變 标標
表錶 别彆 宾賓 卜蔔 补補
【C】 才纔 参參 惨慘 蚕蠶 仓倉 层層 产産
搀攙 谗讒 馋饞 尝嘗 偿償 厂廠 长長 彻徹
陈陳 尘塵 衬襯 称稱 惩懲 迟遲 齿齒 冲衝
虫蟲 丑醜 筹籌 处處 触觸 出齣 础礎 刍芻
疮瘡 辞辭 从從 聪聰 丛叢 窜竄
【D】 达達 带帶 担擔 胆膽 单單 当當噹 档檔
党黨 导導 灯燈 邓鄧 敌敵 籴糴 递遞 淀澱
点點 电電 垫墊 冬鼕 东東 冻凍 栋棟 动動
斗鬥 独獨 断斷 对對 队隊 吨噸 夺奪 堕墮
【E】 恶惡噁 尔爾 儿兒
【F】 发發髮 范範 矾礬 飞飛 奋奮 粪糞 坟墳
丰豐 凤鳳 妇婦 复復複 麸麩 肤膚
【G】 盖蓋 干幹乾 赶趕 个個 巩鞏 沟溝 构構
购購 谷穀 顾顧 刮颳 关關 观觀 广廣 归歸
龟龜 柜櫃 过過 归歸 国國

1956 年公佈的簡繁對照表

可以解釋「標點」符號的引進和作用嗎 ?

　　嚴格來說，漢語本來也有標點，在甲骨文和金文中都有一些分隔文句的符號；漢代的《說文解字》中收了「、」號，表示文章中停頓的地方，還收了「↓」號，表示分段的地方。到了清朝，書上已有更多標點符號，但中國的古書大多數是沒有用標點的，在閱讀上會產生困難和誤會。

　　1897 年，清朝的王炳耀參考古代和外國的標點，初步擬訂了十種標點符號。1919 年上海商務印書館出版了胡適的白話文「新書」《中國哲學史大綱》，是中國第一部用新式標點寫作的書。次年，北洋政府正式發佈《通令採用新式標點符號文》，成為我國第一套法定標點符號，之後有所修改，而使用標點符號已是我們今日寫文章的常規了。

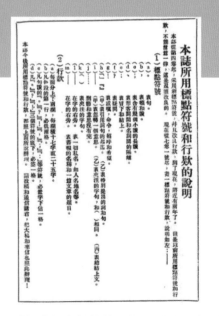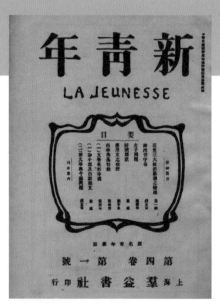

《新青年》雜誌第四期開始使用標點符號的說明

有了標點符號，文章和文句的結構會清楚很多，方便了讀者，也不會產生誤會。

方塊字和字母文字在使用上哪一個比較方便呢

在晚清民初，中西文化進入大量交流的時代，一些學者覺得可以將漢字改為以拉丁字母為基礎的拼音文字，這樣便可以統一漢字的讀音。其後漢字出現了好幾套拼音的「新字」，對推動全國民眾使用統一的「國話」和「普通話」都有幫助。但在另一方面，新的拼音漢字難以覆蓋數量繁多和內容豐富的漢字，而且因為失去了「指事」、「會意」、「形聲」等功能，拼音漢字並不容易學習和理解。

表面看來，學習漢語好像比字母文字困難，但由於每個漢字的字形都很有意思，對一般小學生來說，反而容易記牢。一般中國小學六年級學生，都能記住二千多個常用漢字，可以閱讀很多報刊和書籍。

1938 年出版的《中文拉丁化課本》，作者認為漢字拉丁化會更便捷，但不等於廢棄漢字不用。

中文詞組的力量

　　漢字的最大魅力之一，是不單只有字，還有由單字組合成的「詞」，這是使用方塊漢字非常方便的一個原因。

　　絕大部分的詞是由兩個字組合而成的，如「玩具」、「同學」、「強壯」、「浪漫」（由英文 romantic 變出來，也有用「羅曼蒂克」），其次是三個字，如「運動場」、「超音速」、「維他命」（由英文 vitamin 變出來）。詞可以是名詞、動詞、形容詞、量詞、語氣詞等等。由單字組合起來的詞可以隨著需要不斷創造，不用造新字，而且，很多詞一看就明白，非常靈活好用，表達力也很強。有了詞，漢文字的運用可以不斷地擴大和變化。

　　在運用上，還有由多個字組合起來用的詞，其中由四個字組合成

的詞最多，如「筋疲力倦」、「志同道合」、「飲水思源」、「聲東擊西」等，數不勝數。其中一些是有故事背景的「典故」和「成語」，如「臥薪嘗膽」、「破釜沉舟」、「鯉躍龍門」等，它們增加了中文的功能和魅力。

字有字典，詞也有「詞典」，是學習中文的重要工具書。

中國第一部詞典《爾雅》，成書於公元前三世紀，即是漢之前，比東漢時許慎著的《說文解字》早。

你可以再解釋由字變成詞的用法嗎

我們可以用名詞、動詞和形容詞各舉一些例子。

以名詞為例，單字的「船」可以用於「帆船」、「蒸氣船」、「輪船」；「輪」字可分別為「江輪」、「海輪」；「舟」可以有「龍舟」、「獨木舟」，「舟」又可和「車」合用為「舟車」。再如「電」字可用於「電話」、「電燈」、「電飯煲」、「電視機」，依新產品的出現而不斷增

加，又或變用於「雷電」、「電子」。

以動詞為例，學校生活中我們有「讀書」、「上課」、「運動」、「思考」、「記誦」、「討論」、「發問」等；近年的創造有「穿梭」、「打卡」、「自拍」等。

以形容詞為例，大家會發現，由單字形容詞組合而成的複字形容詞有強大的表達力，如「高」加「大」變成「高大」，又如「矮小」、「寒冷」、「炎熱」、「勇敢」、「聰明」等等。在形容詞的使用中，還有「疊詞」，即兩個字一起用，表達力更強。

船→ 帆船、蒸氣船、輪船

高→ 高大、高低、高見

疊詞有哪些例子？

大多數疊詞都是形容詞。用二字疊詞，可以加強形容的力度，例如「高高」舉起。又或是「高高」的個兒、「大大」的眼睛。

三字疊詞是二字疊詞加上另一個形容詞，如「亮晶晶」，表示閃閃發亮；又如「香噴噴」，表示香氣正散發出來。

還有四字疊詞如「冷冷清清」、「乾乾淨淨」、「馬馬虎虎」、「通紅通紅」，它們的意思，很難用其他文字來表達。

香噴噴的飯

紅彤彤的臉

可以解釋「典故」和「成語」嗎？

　　「典故」是引用先人的經驗和文章句語；「成語」是固定短語，大多由四個字組成，但也有其他字數不等的，主要源自神話、寓言、歷史和文學。成語的故事都帶有精神和思想上的意義，例如「狐假虎威」、「愚公移山」都源自古代的寓言，又如前面提到的「臥薪嘗膽」、「破釜沉舟」，又或如「樂不思蜀」和「莫須有」等，都是來自古代的歷史故事。

我子子孫孫一代代地挖下去，總有一天會成功的。

你想移平這兩座山？不可能吧！

愚公　　　　　智叟

可以介紹漢字的重要詞典嗎

　　最早的詞典是成書於戰國至西漢之間的《爾雅》，它不僅是詞典，同時也是百科全書，它現存 19 篇，其中 7 篇解釋草、木、蟲、魚、鳥、獸等。後來，有不少人模仿《爾雅》的體裁寫成書，包括《小爾雅》、《廣雅》、《通雅》等。

　　西漢揚雄的《方言》是最早的方言詞典。《方言》原本十五卷，收錄了 9,000 多字。後人整理合併成十三卷，收錄了 11,900 多字，它記錄的方言詞語範圍廣闊，幾乎概括了整個漢朝的國土。

　　《佩文韻府》是一本「韻母」詞典，全書 212 卷，收單字 19,000 多個，典故 50 多萬條，是清朝康熙皇帝下令編纂的。

　　《辭源》是中國最早的一部大辭書，是以語詞為主，兼收百科的綜合性語文工具書，1915 年出版正編，1931 年出版續編，1950 年代後，根據選收的內容再分工修訂，是今天閱讀古籍和研究古代文史的

《方言》是中國最早的
方言詞典

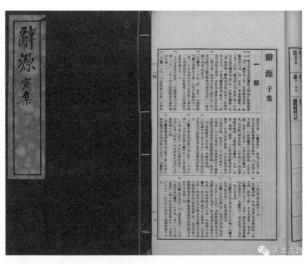

《辭源》是中國最早的一部大辭書，
至今已收超過 10 萬條詞彙。

專門工具書。

《辭海》的主體是詞彙，除了常見的詞彙外，還收錄了大量的專業詞彙，是百科全書式的綜合性辭典。1936 年初版時收錄的詞有 82,827 條，至 2019 年第七版收詞已經超過 13 萬條了。

《現代漢語詞典》是 1949 年以後出版的第一部「普通話」詞典，由中國社會科學院編纂，主要收錄現代常用的漢語詞語，並在加入新的詞彙時，把不常用的詞彙淘汰掉。1978 年初版時收詞約 53,000 條，至 2016 年第七版收詞超過 7 萬條，2019 年發佈手機應用程式。

1975 年，中國政府組織了 400 多名專家共同編纂《漢語大詞典》，內容包括社會生活、古今習俗、以至中外文化。1986 年出版第一卷，至 1994 年各卷完成，全書共 12 卷，收詞目超過 37.5 萬條，約 5,000 萬字，插圖 2,500 多幅；2012 年，又開始編纂第二版。

1937 年版《辭海》，兼收詞彙及百科條目的綜合性辭書，共收超過 13 萬條詞彙。

《漢語大詞典》是規模最大的詞典，共收 35 萬條詞彙。

5

少數民族的文字

中華民族除了漢族之外,還有 55 個少數民族,絕大部分(99%以上)都通漢語或常用漢語,但各民族都有自己的語言,小部分有自己的文字。其中彝族、水族、壯族、維吾爾族等的文字都有過千年或更長遠的歷史。

在歷史上較重要的少數民族文字有滿文、蒙文和藏文,其中滿文留下來的文獻最多,但可惜今日懂滿文和滿洲語的,只有屈指可數的專家。1949 年之後,中國政府為了保存少數民族的文化,曾經為很多少數民族的語言創造了文字,但在社會上都沒有真正流行。

現在「人民幣」的紙鈔上,除了拼音的漢字外,還有蒙、藏、維吾爾和壯四種文字。

滿、蒙、藏和壯族的文字，哪一個的歷史最早呢 **？**

四者之中，以壯文的歷史最久遠。在商、周時期，在廣西一帶的壯族就懂得刻劃文字符號用以記事，人們叫這些符號做「古壯語」，它和漢字差不多同時期出現。古壯語在秦、漢時代逐漸被漢字取代，但壯族又按照漢字的偏旁和部首，創造出記錄壯語的一些「方塊壯字」，今天稱「古壯字」。例如：「岜」（唸 ba），與漢字的「山」意思相同。

今日的壯文是 1957 年中國政府給壯民創造的，是較完整的拼音文字，用拉丁字母組成，後來修訂了一次，成為「新壯文」。

**中國鈔票右上角印有五種「中國人民銀行」文字，
你能辨認出來嗎？（答案請在本頁找）**

（下：漢語拼音　中右：蒙古文　中左：藏文　上右：維吾爾文　上左：壯文）

41

ciugauj 招考
ciuh 輩子；世（人），（ ）代（人）
ciuhgonq 古代
ciulingx 招领
ciuq ①照 ②依照 ③模仿
ciuqgoq 照顾
ciuqrongh 照耀
ciuqseiz 按时；如期
ciuz 朝；朝代
cix 却 Gij dauhleix neix caezgya cungj rox lo, de ~ mbouj rox, wngdang bangcoh de. 这些大道理大家都懂得，他

coemj 打（手印）；按（手模）
coemq 入赘
coeng 鬃 ~ mou 猪鬃
coeng 葱
coengmingz 聪明；有智慧 Boux guh hong ceiq ~. 劳动人民最聪明。
coengz 服从
coengzlaiz 从来
coenx 脱臼〔多指人〕
coenz 句 song ~ vah 两句话 ~ unq ~ van〔成语〕甜言密语，花言巧语
coenzhauq 良言；好话

coih 修
    修葺
coij 行
    ndeu
cojcoen
comz 集
con 钻
congh
congho
conghg
conghh
    洞里
congzr
conh （
conj 准

壯文拼音字典

西藏文的歷史也很久，可以追溯到唐代。其後依次出現的是維吾爾文、蒙古文和滿洲文。

藏文是如何起源的

藏文起源較早，在西元 7 世紀中國唐朝時代，西藏國王松贊干布派遣了 16 名西藏兒童前往印度學習，後來根據印度的「梵文」創造了藏文。之後，也曾有再新創造的藏文，但都沒有流傳下來。

維吾爾文是甚麼時候起源的 ?

維吾爾文的前身是唐代已出現的「回鶻」文字。回鶻原稱回紇，

藏文書寫的佛經

起源於蒙古阿爾泰山一帶，是突厥族的一支，後來回鶻族遷離蒙古高原，其中部分人去了西域今天的新疆地區，演變成維吾爾族。

回鶻文最初是從右到左橫寫，後來受到漢文的影響，維吾爾文改為直寫。

新疆維吾爾自治區喀什的喀什噶爾古城上，可見維吾爾文的標示。

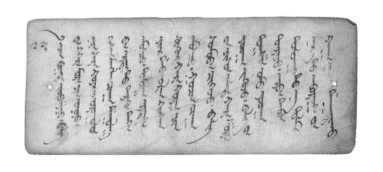

蒙古文書寫的手稿

蒙古文又是怎樣起源的？

蒙古民族本來是沒有文字的，13 世紀元太祖成吉思汗下令創製文字，根據當時的回鶻文發展出一套文字，經過多次修改後，成為今天的蒙古文，亦即今蒙古族使用的文字。

滿文又是怎樣起源的？ 為甚麼會沒落？

滿洲族本來也沒有文字，1599 年清太祖努爾哈赤創製了「無圈點滿文」，又叫「老滿文」，是由蒙古文改造而成，由上至下豎寫，由左至右排列。1632 年，清太宗皇太極命改進滿文，改進後的滿文和

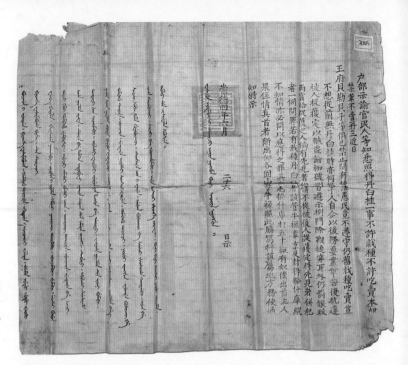

清太宗（皇太極）崇德四年（1639年）的戶部示民諭，可見滿漢文合璧。

蒙古文有較明顯分別，俗稱「有圈點滿文」。

由於滿族的皇帝個個都精通漢文，朝廷上和頒佈政令都大量使用漢文，到辛亥革命之後，滿文就逐漸在官、民間消失了。

為甚麼政府要為沒有文字的少數民族創造文字呢 ？

這是為了保存這些少數民族的歷史記憶和文化傳統，一些少數民族有非常豐富的「口頭文學」，內容豐富，如果能夠用文字保存下來和傳播，都是非常有價值的。

6

文房四寶
紙筆墨硯

　　人類發明「筆」作為書寫的工具，是文明發展中的一件重要大事。古代的中國人先發明「毛筆」；蘸「墨」以書寫，墨是從墨石研磨出來的；磨墨的工具叫「硯」；後來，國人又發明了「紙」。紙、筆、墨、硯於是就成為中國文化特有的「文房四寶」了。

　　紙是中國古代四大發明之一，有兩千多年的歷史，而且很早便達到了極高的工藝水平。據考證，紙在 4 世紀可能通過中國派出的僧侶而東傳至高麗（韓國）、日本。至 8 世紀再傳入西亞的阿拉伯地區，其後傳入歐洲。要知道，西方人用紙，要比中國晚了 1,300 到 1,400 年呢！

　　毛筆使中國人的書寫成了一種藝術，我們稱之為「書法」。此外，

毛筆也成為主要的繪畫工具。毛筆和硯的製造過程很複雜，都是重要的工藝，精美的硯是可以珍藏的藝術品。

中國的「文房四寶」：紙、筆、墨、硯。

中國人是在甚麼時代開始用「毛筆」的

毛筆的歷史悠久，在商朝時已經出現了。毛筆最遲在周朝後期的戰國時代，便流行了，當時它有很多不同的名稱，在秦國叫「筆」，到秦始皇統一全國以後，便一直叫它做筆了。

湖北省荊門市包山戰國楚墓出土的毛筆

據說，現在毛筆的模樣，是在戰國末年，由秦國將軍蒙恬在鎮守北方時改造的，他發現兔子毛在泡過石灰水後，可以脫去油脂，讓毛筆在使用起來更加順滑。蒙恬的毛筆對秦國小篆的形成有很大的關係，小篆的線條婉轉曲折，只有用柔軟的毛筆，才能書寫出來。

從秦漢開始，毛筆的使用就非常普遍了。除寫字外，古人還用毛筆繪畫。

有了毛筆，古人還會在絲帛上繪畫。這種畫被稱為帛畫。

毛筆是用甚麼製造的

毛筆的毛有狼毛、羊毛、兔毛、鹿毛等等，製造時又多用「兼毛」的方法，即是把幾種毛黏合在同一枝筆管上，以取得不同的軟硬效果，筆管主要用木和竹製造。毛筆的大小、粗幼和毛質不同，有過百種不同的類別，一般分大、中、小「楷」，特別巨大的毛筆可以比掃

收納的最佳方法是放筆架上晾乾，筆頭向下。

帚還大。

毛筆是如何使用和保養的

　　毛筆初用時要「開筆」，先用溫水泡開，但浸水時間不可太久，至筆鋒全開，便可以了。

　　每次寫字前都要「潤筆」，即是用清水將筆毫浸濕。如果不潤筆便書寫，毫毛會變脆而易斷，彈性不佳。潤筆之後把筆在吸水紙上輕拖幾下，吸去水份，便可以「入墨」書寫。

　　書寫之後要立即「洗筆」。洗淨之後，將筆毫多餘的水份吸乾理順，再將筆懸掛於筆架上晾乾，不可放在陽光下曝曬，否則毫毛會變硬。

1. 開筆：用拇指及食指加清水，
開七成即可。

2. 潤筆：用清水浸濕筆毫才可
書寫。

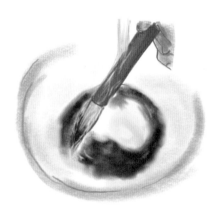

3. 洗筆：用清水洗筆即可。

4. 吸水：用手或毛巾吸乾水份

墨和硯是如何發明和製造的

　　在漢朝以前，人們取天然的石墨造墨，但天然石墨難找，人們主要是燒樹木以取煙製墨，到後來石墨的工藝成熟，燒樹的方法就不再用了。

1. 煉油煙：燈草點燃油燈，每盞燈上覆一瓷碗，煙熏在碗裡。

2. 和料：最常見是松煙墨（松枝熏煉）及油煙墨（桐油等熏煉）。將煙與膠拌和成墨，煙膠比例是2：1。

3. 壓模：量重及壓模。

4. 脫模：擠壓成型的墨待冷後才能取出。

　　硯是磨墨的墨台，好的硯台，石質堅硬、密度極高，用墨條加水在硯上研磨，便能磨出墨汁來。好的墨硯外表溫潤而嬌嫩，不傷毛筆。優質的硯台造型好看，紋飾圖案設計優美，雕琢、打磨的工藝都很好。端硯（產自廣東肇慶）、歙硯（產自安徽歙縣）、洮硯（產自甘肅岷縣），是中國三大名硯，都是罕見的優質礦石。

中國人對筆、墨、硯都是非常講究的。

硯也要保養麼

新的硯台要先在硯台內儲水，用水滋養硯台，稱為「養硯」。使用時，要先倒掉硯中「養硯」的水，再用清水清洗硯台。清洗後，在硯台內放少許清水，把墨條放在硯台上細力磨研，磨墨之後，將墨條取走。最後，在每次使用完後，要倒掉墨汁，用清水和軟布輕輕清洗硯台。

紙在中國發明的歷史是怎樣的

在紙張出現之前，古人先用石塊、甲骨和金屬刻寫文字，後來用毛筆在絲帛（稱「帛書」）、木（稱「木牘」）和竹（稱「竹簡」）上寫字。

現在發現最早的紙，是 1957 年在西安發現的西漢時期的麻質纖維紙，差不多有 2,100 年歷史。在公元二世紀初年，東漢的蔡倫改進

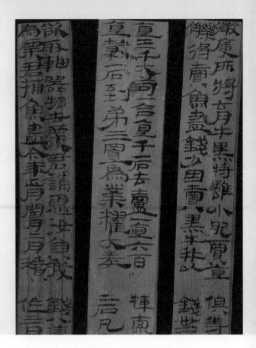
漢簡

了造紙術，他用樹皮、麻頭及舊布、魚網等原料造紙。過程包括四個步驟：原料的分離、打漿、抄造和乾燥。這種古法的造紙工藝，一直流傳到現在。

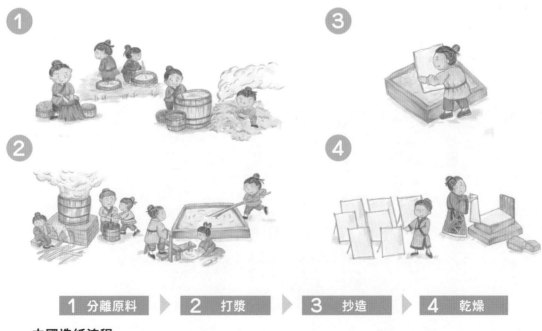

| 1 分離原料 | 2 打漿 | 3 抄造 | 4 乾燥 |

中國造紙流程

在漢之後的魏晉南北朝，紙張已經全面替代了竹簡、木牘和布帛了。四世紀時，中國的造紙工藝水平已相當高，我們從當時留傳下來的作品便可以知道了。

隋唐時期，流行用樹皮造紙；宋元時期，又流行用竹造紙；明清時期，是中國造紙業最鼎盛的時代。中國的造紙術也不斷改良，傳統的草紙、麻紙、皮紙、竹紙、宣紙等傳統工藝一直保留至今，其中工藝水平最高的，要算是「宣紙」了。

你能介紹宣紙是甚麼嗎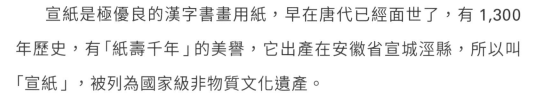

宣紙是極優良的漢字書畫用紙，早在唐代已經面世了，有 1,300 年歷史，有「紙壽千年」的美譽，它出產在安徽省宣城涇縣，所以叫「宣紙」，被列為國家級非物質文化遺產。

唐代的造紙工藝比以往更先進，因此有大量作品可以保存至今

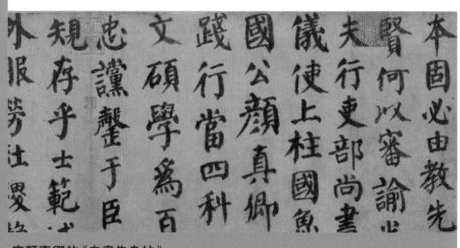
唐顏真卿的《自書告身帖》

天，例如王維、吳道子和李思訓的畫作，以及顏真卿、柳公權和張旭的書法等。

　　宣紙的用料是青檀樹皮和稻草，製作的工序複雜嚴謹，造出來的紙質堅韌而柔軟，濕水不變壞，日久不變脆、不褪色，蟲不蛀。一張已綯的宣紙作品，只要用水一噴，再用紙托上一層之後，就會平板得和原來一樣。此外，宣紙的潤墨性良好，書寫流暢，層次分明，可製作「拓印碑文」，而書畫家可以根據吸水力的強弱需要，而選擇「生宣」或「熟宣」。

生宣（紙）吸水力強，墨水容易化開，適宜用濃墨書寫。

宋《桃花山鳥圖》，採熟宣（紙），因其紙質較硬，吸水能力弱，墨不容易散開，適用於繪工筆畫，但日久會脆裂。

你可以解釋甚麼是「書法」嗎

　　每個漢字，都是一個優美的圖像，因此，毛筆書法也是一門藝術。即使不懂中文的人，也能欣賞書法的美。

　　書法主要分為隸書、楷書、行書、草書四種。小學生學習漢字，要先由楷書開始。楷書，是漢代隸書的變體；楷書寫得平正偏扁，即是隸書；楷書寫得簡便流動一些，即是行書；行書再寫得簡單些，便是草書了。因此，練好楷書，才能寫好其他字體。

　　由於楷書的筆劃清楚易寫，所以印刷書籍較多用楷書，現代中文電腦用字，亦是根據楷書演變出來的。

書法不僅有其實用價值，亦能提升個人的修為和審美。

漢隸經典《衡方碑》（局部）

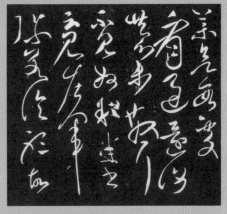

明年政通人和百
廢俱興乃重修岳
陽樓增其舊制刻
唐賢今人詩賦於

楷書大家歐陽詢書《岳陽樓記》
（局部）

草書大家張芝《冠軍帖》
（局部）

行書大家王羲之《蘭亭序》
（局部）

57

中文有甚麼印刷字體和電腦字體

　　中文印刷字體，主要是「黑體」和「宋體」。

　　黑體筆畫粗細基本一致，沒有襯線裝飾，所以又叫「無襯線體」，常用於標題、導語和標誌上。

　　宋體起源於宋朝，當時，雕版印刷技術已經十分發達（詳見第七課），人們在雕刻印版時，為了遷就木紋的方向，把字雕成橫畫細，豎畫粗，再把橫畫的兩端，加粗形成三角形，成為襯線體。「宋體」又稱為「明體」。

喜帖上用黑體字，
比較有現代感。

宋體一般用作比較正
式的公文，圖為香港
入境簽證印章。

今天的電腦字體，基本上沿用印刷字體，再加入傳統的中文楷書。大部分電腦網頁都使用黑體，以減少眼睛的疲勞。如果特別加裝，很多中文字體，例如楷書、行書、草書、篆書等，都可以在電腦中顯示並打印出來。

楷書辨識度較高，故用途非常廣泛，從學生課本到店舖招牌都有。

古書和印刷術

　　有了文字和書寫的工具，人們便可以將自己的情感和思想更好地表達出來，寫成詩歌等文學作品、史書，以及各式各樣的論述，這些文字紀錄於是變成了文章和書本，對文明的累積和傳播都發揮很大的作用。

　　最初出現的「書」，並不是我們今日所常見的「紙本書」，如上文提到先祖們用石塊、甲骨和金屬刻載的文字。到了周朝，國人在絲帛、竹條和木條上寫文章，成為「帛書」和「簡牘」。到西漢發明了紙，在東漢造紙技術改良之後，紙本書才逐漸流行起來。那時候的書本，還是靠「個人」撰寫出來的「寫本書」呢！

　　直到唐代（公元 617 – 907），中國人發明了印刷術，書本才走進「印本書」時代。印刷術在其後的宋、元、明、清朝代不斷改良，出

現了「活字印刷」，質和量均獨步世界。因此，印刷術和紙一樣，列入了我國古代「四大發明」之中，對推動世界人類的文明，起了非常重要的作用。

你能詳細解釋「帛書」是甚麼嗎

古人在絲帛上寫字和繪畫，叫帛書。帛書很輕便，容易攜帶，但當時的造價很昂貴。現在我們見到的最早的帛書，是戰國時代的，以湖南馬王堆古墓出土的最有名。

馬王堆遺址

馬王堆帛書局部，涉及戰國至西漢初期的政治、軍事、文化及科學等領域，有重要的學術價值。

「簡牘」又是甚麼呢

古人在竹片和木片上刻寫文字，這些竹片和木片，分別被稱為「竹簡」和「木牘」，合稱簡牘。把簡牘用繩連起來，便是一本書，叫

做「簡冊」。古書有「惟殷先人，有冊有典」的說法，而甲骨文中有「⫛」字，即是冊字的原形，可見，在商代，已經有竹簡了。

目前發現的古代簡冊，有由周朝至南北朝的，雖然大多數是散落的殘片，但是，也是非常珍貴的。

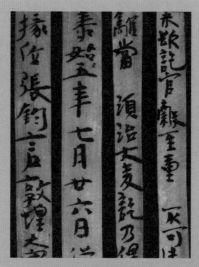

在樓蘭出土的西晉木簡，已完成楷書的轉變。

上海博物館於 90 年代收藏的戰國楚竹書，共約 200 多枚，是學術界的一大發現。

1930 年，在今天的內蒙古居延地區，發掘出一萬餘枚漢簡。後來，在 1972 至 1982 年間，又發掘出兩萬餘枚。總共出土 32,037 枚，合稱《居延漢簡》，是 20 世紀中國學術界最重要的發現之一。

《居延漢簡》用隸書書寫，內容多數是修築邊塞、兵制、屯田等文書。

由 1950 年代開始，湖南也相繼出土了大量漢代簡牘，總共有 20 多萬枚，是中國出土簡牘數量最多的地區。出土的簡牘，有西漢初年的二千多枚、東漢的數百枚、三國孫吳時期紀年的 14 萬枚，都是極重要的歷史文獻，現在收藏在長沙簡牘博物館內。

《居延漢簡》是指在漢代軍事要塞居延地區（今內蒙古）發掘出土的漢簡，涉及漢代的政治、經濟、軍事、文化及科學等領域。

你聽過「學富五車」的成語嗎？

　　戰國時，莊子曾經說過「惠施有方，其書五車」的話。這句話的意思是，惠施讀過的簡牘書很多，可以裝滿五輛車。由此演變出「學富五車」的成語，形容一個人書讀得很多，學識廣博。

中國第一套大型史書《史記》如果用竹簡書寫的話，猜猜有多少卷？（答案在本頁找）

《史記》共有 526,500 餘字，而每片竹簡可以寫 40 字左右，則需要 13,163 片，假設每卷 50 片竹簡，則應是 263 卷。

印刷術是怎樣起源的？

　　中國的印刷術來自「印章」。在很早的先秦時代，中國人便開始使用印章了，當時印章中的文字和後來的書本印刷文字大小差不多。至東漢時期，在紙發明之後，便有用紙加墨拓印碑文的做法。

　　隋末唐初，借用古代的「印章」和「拓印」方法，發明了印刷術，方法是用白紙拓印碑石上的文字，然後把拓印紙翻轉在木板上，再把翻轉的文字勾劃在木板上，在版面上刷上油墨，覆上紙張，用乾淨的刷子在紙上輕輕刷，文字便印在紙上了。這種印刷稱為「雕版」印刷，逐漸發展成為新的手工業，四川的成都和江蘇的揚州都是唐代的印書中心。

　　印刷術前身的拓本，圖為秦代權（量重的秤砣）的拓本，全文如下：「廿六年，皇帝盡併兼天下諸侯，黔首大安，立號為皇帝，乃詔丞相狀、綰，法度量則，不壹、歉疑者，皆明壹之。」

印刷術前身的拓本，圖為秦代權（量重的秤砣）的拓本，全文如下：「廿六年，皇帝盡併兼天下諸侯，黔首大安，立號為皇帝，乃詔丞相狀、綰，法度量則，不壹、歉疑者，皆明壹之。」

宋代紙幣由彩色雕版
印刷而成

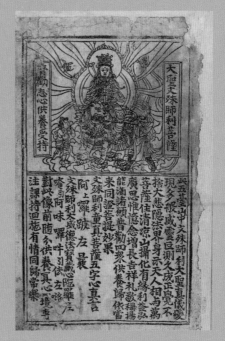

唐末五代《大聖文殊師利菩薩》刻本，
1900 年在敦煌莫高窟藏經洞出土。

　　唐代的雕版印刷技術，只有單色作品；宋代開始在紙幣上印上多
種顏色，成為彩色雕版印刷；明代出現了四色套印的書籍，然後才出
現全彩色印刷。

明代四色套印刻本《目連
救母出離地獄生天寶卷》
內頁

「活版印刷」是甚麼時代發明的？

　　雕版印刷的限制很多，很多人都想改良，但要到北宋 11 世紀時，才由畢昇發明了陶泥活字印刷，之後相繼出現泥活字、木活字、銅活字、陶瓷等活字印刷術。因此，宋、元兩代留存下來的古書都很珍貴。

　　根據北宋著名科學家沈括在《夢溪筆談》中的記述，畢昇製作一頁活字印刷版，大致是先用膠泥製成四方柱體，在上面刻字，一個字一個印，用火燒硬，放在鐵框內排版，鐵框內有松香、蠟等混合物。排好版後，用火烘烤，令松香等混合物熔化，把活字黏在鐵板上，然後用一塊平板，趁熱在活字上壓一下，使字面平整。這樣，一頁的印刷板便完成，可以用來印刷了。

　　南宋時，活字印刷術流行，銅版和木版的活字印刷技術也成熟了。到 15、16 世紀，江蘇無錫、蘇州、南京一帶，都流行銅版活字印刷。

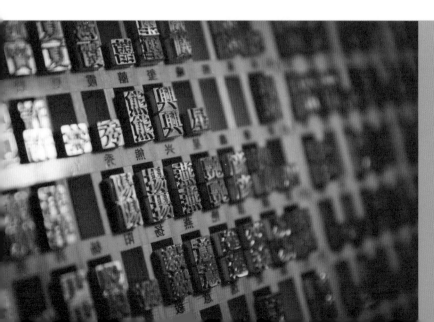

鉛版活字印刷，直至上世紀 90 年代才被電腦排版所取代。

印刷術的出現對書本的製作有甚麼影響

　　造紙術發明之後，由隋唐到宋，書本的製作出現了很多花樣，有「捲軸」裝、「經折」裝、「蝴蝶」裝、「包背」裝等。包背裝要用線釘裝，一般稱之為「線裝書」，和近代的書本很相似。

　　線裝書便於翻閱，又不容易散落，美觀實用，自宋代至清代，都是書本印製的主流，一直影響至今天。

捲軸裝始於帛書，隋唐紙書盛行時亦一直應用，現代多用於裝裱字畫。

經折裝，有一面印字及兩面印字兩種，常見於佛經。

蝴蝶裝流行於宋代，但在元代已式微。

到了元代，包背裝取代了蝴蝶裝，明代的《永樂大典》、清代的《四庫全書》，採用的都是包背裝。

「簡裝」的線裝書，用紙封面，不包角，不裱面。「精裝」的線裝書採用布面或綾子、綢等織物作封面，裝幀方法比較複雜，最後用函套或書夾把書冊包裝起來。

宋版書和元版書有甚麼特色

宋版書是公元 750 至 1,000 年前的古書，能夠保存至今天的都是很罕有、很珍貴的文物，也證明了當時的造紙、印刷等工藝的非凡成就，所以都是「國寶」。今天，有人會願意出 10 萬港元，來買一頁宋代雕版印刷的線裝書呢！

為甚麼宋版書那麼受人歡迎呢？因為，它集合了文學、書法、繪畫和印刻等方面的美。首先，它的版面設計優良，每頁都有天頭、地腳、版框和行線，令文字和資料齊整清楚地呈現出來；其次，它的文

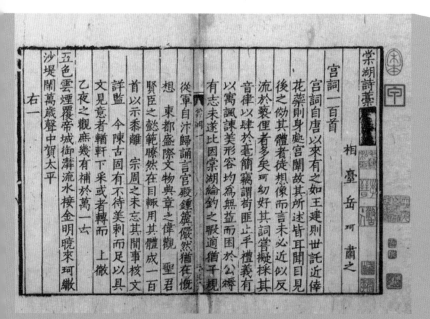

南宋臨安陳起書籍舖刻印的岳珂（岳飛孫子）《棠湖詩稿》，書寫及刻印俱佳。

字優雅，楷書字體秀麗。這是由於宋版書多用宣紙印製，印板多數由有學問的人雕刻的緣故。加上字體大小、用墨顏色都恰當，外表古色古香，散發出濃厚典雅的氣息，所以，具有收藏的價值。

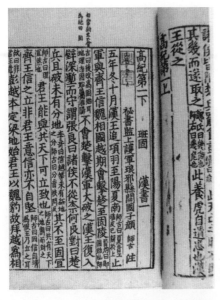

北宋刻本《漢書》

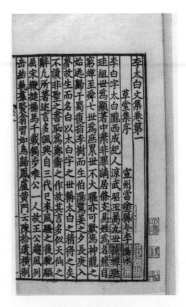

宋刻本《李太白文集》

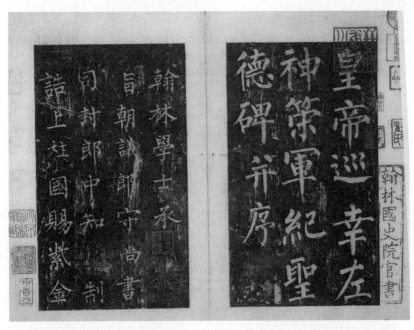

北宋拓本柳公權《神策軍碑》（局部），曾為南宋權臣賈似道藏。

元代的線裝書也有六、七百年的歷史，繼承了宋版書的特點，一樣有天頭、地腳、行線等特色，版心記有卷數、字數、頁數、刻工姓名等。後來，字行逐漸緊密，字體縮小、變長，所用的楷書也有所不同。

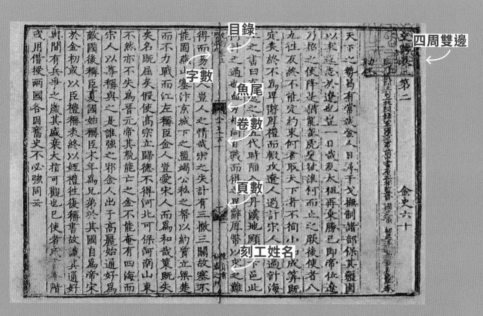

元版書格式與宋版相近

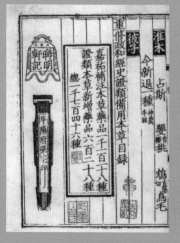

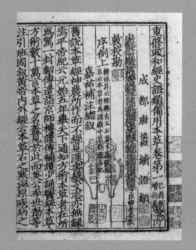

蒙古定宗四年（1249 年）印刻《重修政和經史證類備用本草》

印刷術是怎樣外傳的呢？

　　雕版印刷術在唐代首先傳入了朝鮮、日本、越南、琉球等漢字文化圈，其後在 13 世紀隨著蒙古西征，傳入了阿拉伯、中東和埃及等地區，再傳到歐洲。

　　14 世紀末年，歐洲開始有了雕版印刷品，最初印刷畫像，之後才印刷書籍。1450 年左右，德國谷騰堡用合金製成字母活字，印刷出了舉世聞名的《谷騰堡聖經》，這是畢昇死後差不多四百年的事了。

左｜《谷騰堡聖經》，是德國第一本活字印刷的聖經。

右｜土耳其古《可蘭經》

中國古籍寶藏

華夏文明起源得早，內容豐富，中國人又特別重視學問和教育，首先發明了紙和印刷術，因此累積下來的書本也特別多，浩如煙海。

在二千多年前的春秋、戰國時代，中國出現了很多學者和思想家，致力於講學、遊學、論辯和著述，我們稱之為「諸子百家」，最重要的有儒家（孔子、孟子）、道家（老子、莊子）、墨家（墨翟）和法家（商鞅、韓非子）、陰陽家、兵家等。

那時候，政府和大學者如孔子等都非常重視收集和整理各種文獻，有「史官」收集整理歷史資料和政府文獻，還出現了第一本詩集《詩經》，據說孔子整理了《易經》和《春秋》等典籍。到了漢、唐等朝代，政府和民間對各種古文獻都有整理，各代的文人學者又都有

新的著述，歷代都是如此，包括蒙古人當皇帝的元朝和滿洲人的清朝都一樣，所以中國的古書文獻非常豐富。

　　這一課以儒家的《十三經》、《二十四史》、以及宋、明、清三朝出版的大型叢書作例子，為大家介紹其概況。此外，中國的官方和民間都重視藏書，大型的藏書樓很多，對保存古書很重要，都是中國文化的寶庫、文明的瑰寶和民族的驕傲。

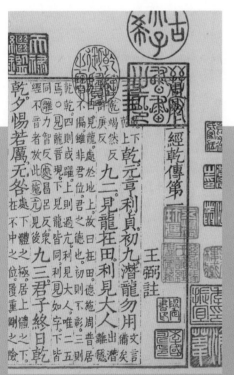

《仿宋相台五經》之《易經》附考證，為清乾隆四十八年（1783 年）武英殿刻本。

中國現存最古老的私人藏書樓，是位於浙江寧波市的天一閣，建於明代嘉靖四十年（1561 年），高峰期曾藏書七萬多卷。

73

儒家的《十三經》是甚麼？

從漢朝武帝開始，儒家成為中國學說的主流，儒家的著述成為「經學」，當時有《五經》，即《詩》、《書》、《易》、《禮》、《春秋》，因為版本不同，所以共有九本，到唐代將《孝經》、《論語》和《爾雅》加上去，稱為《十二經》，宋代將《孟子》加進去，成為《十三經》。

在漢代，先秦的儒家經典已有不少人整理和研究；到唐代初年，唐太宗命孔子的 32 世孫孔穎達（時任國子監，即國家最高學府校長）統一經典的「義疏」（解釋），結果撰成了《五經正義》，包含上述的《十二經》，成 180 卷，有 900 萬字。

唐朝末年，政治動盪，政府為保護重要的碑石不散失，將石碑集

東漢經學家曾校定儒家經典，並用隸書刻於石碑上，由於是始於東漢靈帝熹平年間，世稱「熹平石刻」，惜今僅存殘碑 8,800 字，現存西安碑林，是為國寶級經書。

中放在長安文廟；經歷代的廣泛收集，規模逐漸擴大，至清初稱為「碑林」。西安碑林有豐富的碑石墓誌、石刻藝術品，收藏歷代著名書法家、名人碑石近 3,000 方，包括東晉王羲之、唐顏真卿等書法家的墨跡刻石，也包括十三經的各種石刻。

　　清代有一個儒生名蔣衡，屢考功名不第，見西安碑林的十三經

《論語》石刻，因成於唐玄宗開元年間，故稱「開元石刻」，現存西安碑林。

出多人之手，乃重寫《十三經》，歷 11 年，成 62 萬字；乾隆帝知道後，命人將之刻石，1794 年完成，連「諭旨」190 通，是最完整的十三經刻石，現藏於北京國子監故址，原書法則藏於台北的故宮博物院。

　　儒學在唐、宋、元、明、清都是「科舉」考試中必修和必考的，對中國文化、政治和社會影響很大。

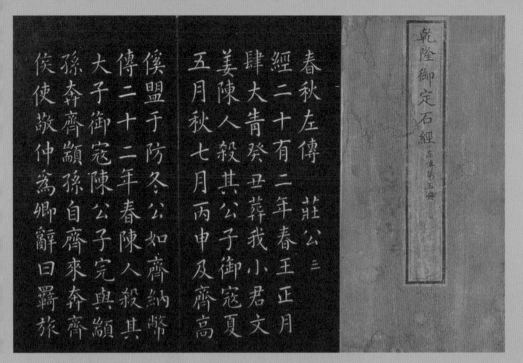

清乾隆御定的蔣衡《十三經》石刻，故又名「乾隆石經」。

能說說《二十四史》嗎

二十四史是中國歷朝撰寫的二十四部史書的總稱，納為「正統」的史書，故又稱「正史」。二十四史上起傳說的黃帝時代，止於明朝。

列為二十四史之首的是西漢司馬遷撰寫的《史記》，這是第一部記傳體史書，以為人物立傳記的方式記敘史實，記錄了自傳說中的黃帝以來至漢武帝時期的 2,500 年歷史，全書共 130 卷，52 萬餘字；後世的正史及其他史書，基本都依照其體例編纂而成。

《史記》是私人著述，其後接續的《漢書》，又名《前漢書》，由東漢班固所撰，是第一部紀傳體「斷代」史，全書共 100 卷，80 餘萬

字；《漢書》沿用《史記》的體例而略有變更，後世史書都仿《漢書》體例而纂修紀傳體斷代史。

《漢書》以後的歷朝正史，均為紀傳體斷代史，為了讓大家有初步印象，現按朝代順序錄其名：《後漢書》、《三國志》、《晉書》、《宋書》、《南齊書》、《梁書》、《陳書》、《魏書》、《北齊書》、《周書》、《南史》、《北史》、《隋書》、《舊唐書》、《新唐書》、《舊五代史》、《新五代史》、《宋史》、《遼史》、《金史》、《元史》及《明史》。清代經全修定的《二十四史》共 3,243 卷。民國時代，又將清代出現的《新元史》加進去，成為《二十五史》。另外還有一套未完成的《清史稿》。

正史以外，中國還有很多各類型的史學著述，如唐朝杜佑的《通典》、宋朝司馬光的《資治通鑑》、鄭樵的《通志》、袁樞的《通鑑紀事本末》，都是不同體裁的史書，仿其體例的史書都很多。此外，有大量地方史的「地方志」，數量驚人。

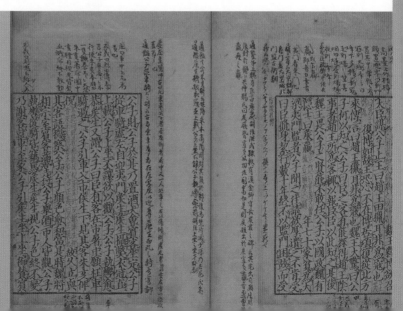

《史記》南宋黃善夫刊本，中間手寫字乃室町時代（1336-1573 年），日本京都建仁寺僧人將能見到的《史記》古注，抄錄書上，證明中國經典對周邊國家的影響。

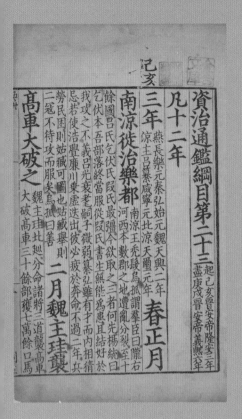

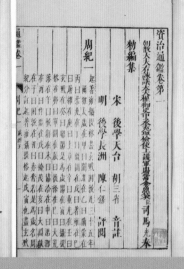

北宋司馬光主編的《資治通鑑》，是中國長篇編年體史書，與史馬遷《史記》齊名，對研究中國歷史、文學或做人處事均深具影響。

宋代修書的情形是怎樣的❓

　　宋代文教興盛，由政府主持、整理和出版了四大「類書」，分別是古籍摘要的《太平御覽》1,000 卷、記事的《太平廣記》500 卷、詩文集的《文苑精華》1,000 卷，以及政治文書實錄《冊府元龜》1,000 卷。此外，又有佛教《大藏經》，共 1,076 部，5,048 卷。

　　宋代亦有不少個人修書，如歐陽修的《集古錄》1,000 卷，是金石學的奠基之作、沈括的《夢溪筆談》30 卷，是中國科技知識大全、曾公亮等的《武經總要》40 卷，是軍事百科全書。

宋福州東禪等覺院的《大藏經》，由神宗元豐元年（1078 年）開始修，至徽宗崇寧二年（1103 年）完成。

大般若波羅蜜多經卷第三百七十一

三藏法師 玄奘奉 詔譯

初分遍學道品第六十四之六

世尊云何菩薩摩訶薩修遣此修是修般若波羅蜜多修遣行識名色六處觸受愛取有生老死愁歎苦憂愛取有生老死愁歎苦憂惱亦遣此修非有遣此修者能修般若波羅蜜多是故善現般若波羅蜜多善現菩薩摩訶薩修遣行乃至老死愁歎苦憂惱亦遣此修非有遣此修者能修般若波羅蜜多若念有阿耨多羅三藐三菩提亦遣此修是修般若波羅蜜多若念有阿耨多羅三藐三菩提亦遣此修是修般若波羅蜜多時若念有阿耨多羅三藐三菩提亦何以故善現非有遣此修者能修般若波羅蜜多是修般若波羅蜜多善現菩薩摩訶薩修遣阿耨多羅三藐三菩提亦遣此修非有遣此修者能修般若波羅蜜多是故善現般若波羅蜜多善現菩薩摩訶薩修遣無明亦遣此修是修般若波羅蜜多修遣深般若波羅蜜多時若念有無明亦遣此修非修般若波羅蜜多若波羅蜜多修遣行乃至老死愁歎苦憂惱亦遣此修非有想者能修般若波羅蜜多是修般若波羅蜜多若波羅蜜多時若念有行乃至老死愁歎苦憂惱亦遣此修非有想者能修般若波羅蜜多若念有行乃至老死愁歎苦憂惱亦遣此修是修般若波羅蜜多善現菩薩摩訶薩修遣阿耨多羅三藐三菩提亦遣此修非有遣此修者能修般若波羅蜜多是修般若

元代修書的情形是怎樣的?

元代國祚雖短，但仍纂修了多部重要史書，其中元文宗時的《皇朝經世大典》，全書分 10 篇，共 880 卷。

樓船者舡上建樓三重列女牆戰格樹幡幟開弩窗矛穴外施氈革禦火置砲車檑石鐵汁狀如小墨其長者夾可以奔車馳馬若遇暴風則人力不能制不甚更為用此也之大軍不可久不設反為賊害

北宋仁宗時期編纂的《武經總要》，是中國第一部官修的兵書，圖為樓船，乃中國古代戰船，因船大又高，外觀似樓而得名；但因船身太高，常致重心不穩。

79

元惠宗時修撰的《宋史》496 卷、《遼史》116 卷、《金史》135 卷，延續了撰寫前朝歷史的傳統，三者都納入正史的《二十四史》之中。

明代修書的情形是怎樣的？

明代同是修書盛世，其中官修書以明成祖時的類書《永樂大典》為代表，其總匯歷代文獻，收錄了近 8,000 種圖書文獻，以「百科全

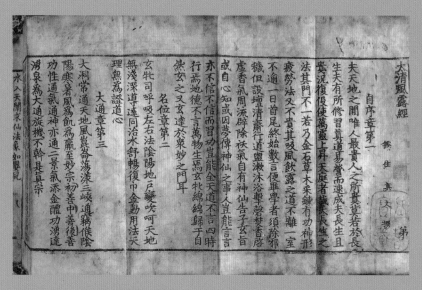

蒙古太宗九年（1237 年）至馬真后三年（1244 年）刻印的道藏經典《太清風露經》

《金史》是元朝脫脫領銜編撰的官修紀傳體正史，記載了女真完顏氏部族時代、金朝建國至滅亡的百餘年歷史，被評為修撰質量亦居上乘。

書」式分類編彙，全書共 22,937 卷，11,095 冊，約 3.7 億字；可惜後燬於英法聯軍及八國聯軍的戰火，今僅存約 800 殘卷。

明代個人修書風氣亦盛，種類繁多，如農業、醫藥、軍事、地理、科技、音樂等。如農業方面有徐光啟的《農政全書》60 卷，70 多萬字；醫藥方面有李時珍的《本草綱目》52 卷，約 190 萬字，載

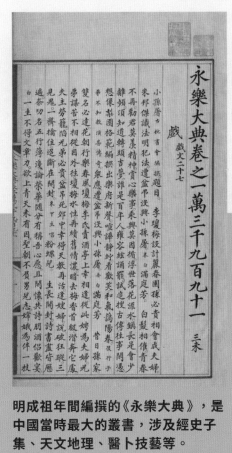

明成祖年間編撰的《永樂大典》，是中國當時最大的叢書，涉及經史子集、天文地理、醫卜技藝等。

魏晉南北朝的筆記小說《世說新語》，因記述名士軼事而流傳於後，圖為明嘉靖十四年（1535 年）刻印本。

藥 1,892 種，附有藥物圖 1,109 幅，方劑 11,096 條；軍事方面有茅元儀的《武備志》240 卷，約 200 萬字，附圖 738 幅，匯集歷代兵書 2,000 餘種；地理方面有徐霞客的《徐霞客遊記》20 卷，記錄了他遊歷各地時的山脈江河、地形地貌、水文氣候、自然風光、風土人情

等；科技方面有宋應星的《天工開物》18 卷，附圖 123 幅，描繪了 130 多項生產技術和工具的名稱、形狀、工序；音樂方面有朱載堉的《樂律全書》，分 14 部，56 卷，內容包括聲律、音樂、舞蹈等，並存樂譜、舞譜多種。

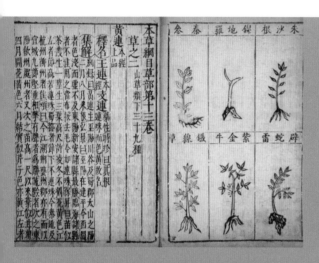

明代李時珍的《本草綱目》，是一本集大成的著作，除了草藥及療效介紹外，還有大量治病驗方。

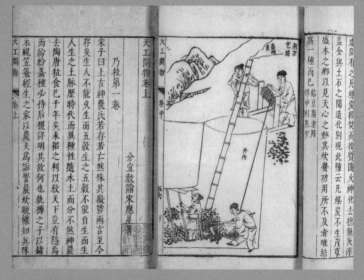

明代宋應星的《天工開物》，是古代一部綜合性科技著作，書中記述了許多生產技術，圖為海鹽製法。

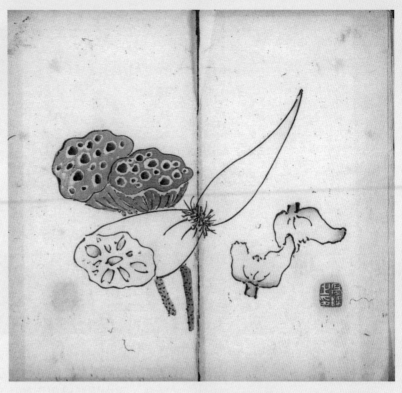

明末胡正言編印的《十竹齋畫譜》，
為後世提供臨摹的範本。

清代修書的情形是如何

　　清代亦是修書盛世，除了前述的《康熙字典》和《佩文韻府》外，
有《全唐詩》，全書 900 卷，是唐詩的合集，亦由康熙下令編纂，「得
詩四萬八千九百餘首，凡二千二百餘人」。一般有說「唐詩三百首」，
其實是遠不止此數。

　　清代官修的大型叢書最主要的是康熙和雍正兩個時代編彙的《古
今圖書集成》，以及乾隆時的《四庫全書》。

　　《古今圖書集成》全書共 10,040 卷，5,020 冊，約 1.7 億字，圖 1

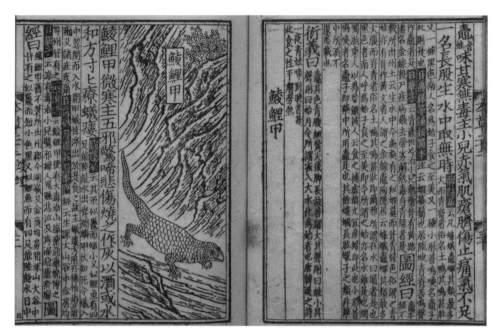

清代《古今圖書集成》之《重修政和經史證類備用本草》，是宋代醫師唐慎微編纂的百科全書式藥典，圖中講述鯪魚甲的藥用療效。

萬餘幅，引用書目達 6,000 多種，因《永樂大典》大多已燬，所以是現存最大部的類書。

《四庫全書》是現存規模最大的一套叢書，共收書 3,503 種，有 79,337 卷，約 8 億字，分經、史、子、集四部，因此叫「四庫」，它收錄了先秦至清乾隆前期的眾多古書，也收錄了西洋傳教士參與撰述的著作，囊括了古代所有重要書籍，因此稱「全書」，由紀曉嵐帶領 360 多位學者歷 13 年而編成；它本有 7 部，但有 3 部燬於太平天國及八國聯軍的戰火，還幸有四部得以保存下來。

常說中國古書浩如煙海，絕非言過其實。而這些積累千年的典籍也是人類的寶庫，讓我們的知識以及經驗和智慧得以傳承。

清王槩輯《芥子園畫傳》，主要教人繪畫山水畫，
圖為清康熙十八年（1679 年）李漁刻印本。

《欽定四庫全書總目提要》是對三千年間的
典籍作簡介，被認為是「持論簡而明，修辭
淡而雅，人爭服之」，相當不容易。

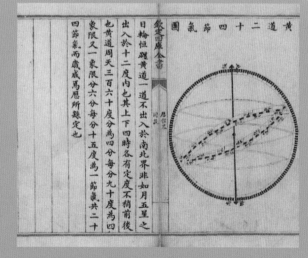

明王英明撰《曆體略》，圖為清文瀾閣
四庫全書版。

後記

目前，我們找到的最早的中國文字，是三千多年前的甲骨文和金文。三千多年的文字，記錄和發展了中華民族五千多年來的文明，為我們流傳下來的寶貴書籍，浩瀚如海。如果我們能夠把書中的智慧，跟今天的情況結合，不但能夠令日子過得更好，也可以造福世界。中國中醫研究院的屠呦呦便是一個很好的例子。

2015 年，屠呦呦獲頒發諾貝爾生理學或醫學獎，表揚她研製出「高效、速效、低毒」的抗瘧疾藥物「青蒿素」，治好了很多亞洲、非洲和南美洲的瘧疾病人。屠呦呦能夠研製出「青蒿素」，是因為看到晉代葛洪的《肘後備急方》中的一段文字：「治瘧病方 …… 青蒿一握，以水二升漬，絞取汁，盡服之。」屠呦呦對自己的成就，這樣形容：「青蒿素的發現，是中國傳統醫學給人類的一份禮物。」

中國古書中有寶，不單中國人明白，很多外國人也知道。現在有不少歐洲學者在研究中國的《道德經》、《易經》、孔子學說和中醫藥學。幾年前，一個日本學者在香港舉辦講座，宣稱《易經》源於日本，日本人對《易經》的珍惜程度，由此可見。2015 年，中國外文出版社把秦漢時期整理成的《神農本草經》，改編成《全圖神農本草經》英法譯本，負責譯注的，便是一對法國夫婦。他們對中文的認知能力，遠遠超過很多今天中國的年輕人。如果我們今天不好好學習中文

的話，可能有一天，我們的後代，要看德國人中醫，聽日本人談《易經》了。

　　觀今宜鑑古，無古不成今。我們感激歷代先賢，為我們留下了浩瀚的傳書，把他們的智慧流傳至今天。我們感謝傳說中的倉頡，創造了原始的象形文；我們感謝李斯，留下了典雅的小篆字；我們感謝程邈，建議書寫線條清晰的隸書體；我們感謝歷代的書法家，為我們留下了清楚優美的文字；我們感謝秦始皇，統一了文字；我們感謝伏生在戰亂中搶救了《尚書》。我們要感謝歷代字典和詞典的編撰人，他們承傳和保留了中華民族的方塊字，特別是編了第一部中文字典的許慎。

　　但願今天的年輕一代都能學好中文，能夠承傳古人書中的智慧，如屠呦呦一樣，造福中華，也造福世界。

照片提供：iStockphoto

策劃 / 圖片編輯	李安
文字編輯	敖平
設計總監 / 設計	黃詠詩
插畫	周淑儀

三聯書店
http://jointpublishing.com

JPBooks.Plus
http://jpbooks.plus

叢書	認識中國
主編	陸人龍
顧問	周功鑫、連浩鋈、陳萬雄、楊義（按筆劃序）
書名	文字和古書
作者	鄧少冰
出版	三聯書店（香港）有限公司 香港北角英皇道 499 號北角工業大廈 20 樓 20/F., North Point Industrial Building, 499 King's Road, Hong Kong
印刷	美雅印刷製本有限公司 香港九龍觀塘榮業街 6 號 4 樓 A 座
發行	香港聯合書刊物流有限公司 香港新界荃灣德士古道 220-248 號 16 樓
版次	2021 年 7 月香港第一版第一次印刷
規格	16 開（170 毫米 x 230 毫米）88 面
國際書號	ISBN 978-962-04-4754-9